U0856596

雕塑流逝的時光

良言 著

中国文联出版社

图书在版编目（CIP）数据

雕塑流逝的时光 / 良言著. -- 北京 : 中国文联出版社, 2022.3
ISBN 978-7-5190-4847-1

I. ①雕… II. ①良… III. ①诗集－中国－当代
IV. ①I227

中国版本图书馆 CIP 数据核字(2022)第 035987 号

作　　者　良　言
责任编辑　周小丽
责任校对　潘传兵
装帧设计　吴燕妮

出版发行　中国文联出版社有限公司
社　　址　北京市朝阳区农展馆南里 10 号　　邮编　100125
电　　话　010-85923025（发行部）　010-85923091（总编室）
经　　销　全国新华书店等
印　　刷　北京天工印刷有限公司

开　　本　880 毫米×1230 毫米　1/32
印　　张　5.5
字　　数　60 千字
版　　次　2022 年 3 月第 1 版第 1 次印刷
定　　价　36.00 元

目录

第一辑　旧体诗词六十三首

第二辑　现代诗四十一首

序

蔡世平[①]

书名好:《雕塑流逝的时光》。时光不舍昼夜,默默流逝。然,流逝的只是时光吗?不,流逝的是时光里的"人"和"事",流逝的是鲜活的形象与丰富的历史。诗人良言(郎加)先生知道,这多么可惜。于是,他要抓住时光。于是,他以诗歌的形式,将人生"雕刻"到了时光上。当然,他在时光上雕刻自己的同时,也就瞬间定格于历史,而历史也向他回以深情的微笑。人类文明史又何尝不是由一茬又一茬精心雕刻时光的生命个体共同书写的呢?

我读文读诗,习惯于先读诗人的处女作与早期作品,因为这一时的创作最为自然率性,纯粹天真,诗人消息多于此中透露。试读两首短诗:

① 蔡世平,中国作家协会会员、一级作家,国务院参事室、中央文史研究馆中华诗词研究院原常务副院长,当代诗词名家。

清明逆北风，小草未萌身。

汗渍农家女，田间种早春。

——《五绝·春播》

这是作者写于1972年的一首五绝，描写北中国早春农民的耕作图景。有人认为“清明”一词较虚，“为何不用指向更为明白的‘清晨’呢？而且也符合此处平声字的要求。”我说这里用“清明”好，既指“清晨”，亦可认为是节气，有“实”有“虚”。“实”是一个大晴天的早上，很形象；“虚”表明作者迎春的开阔明朗心境与健康向上的精神状态。你看，在“小草未萌身”的时节，天刚放亮，农家女就下地播种了，劳动的劲头多足啊！把衣衫都汗湿了。尤其“种”字下得好，仿佛北国的春天不是自然界安排的，而是勤劳质朴，可亲可敬的“农家女”“种”出来的。这浓浓诗意，不也是诗人“种”出来的吗？

冬日阳光／洒进峰坡林莽／万籁俱寂／骤然间／山谷脆响回荡／／我们扳下干树枝／这烧柴火力最旺／／回程仰望二道梁／负重奋力攀上／汗滴入眼／湿润了／苍茫云海山岗

——《兄弟打柴》

这是作者写于1973年的一首现代诗。仍然是冬日，阳光洒满山岗林海。几个小青年去山里扳枯树枝当家里柴火，这是那个时代特有的图像。简简单单的一件事情，却写得“轰轰烈烈”。既写出了诗人的火样情怀，更写出了对美好生活的热爱与对未来世界的青春憧憬。

“火”字在这里是一个“青春”意象。生活中打柴很平常，但借打柴引出“火”的意象就不平常了。这就是诗人之特殊心眼了。诗歌创作就是这样，小小物事都得往“诗”的身上去靠，这也正是所谓的“诗性思维”或曰“艺术思维”。

诗人“冬天里的一把火”燃烧了起来，背着柴枝的身体虽负重攀登，但却步履轻快。这时候他看世界的眼光，其角度也就大不相同了。是抬首“仰望”，向上去望，向远处去望。热汗流进眼睛里，但此时“湿润”的是“诗”：是“苍茫云海山岗”，小中见大、见奇，要表达的内心志意和盘托出，诗人的气度与格局由此成型，这也为后来其人生事业的发展，奠定了“诗”之基础。

上述两首短诗，一为旧体一为新诗，都是处女作，且都能一新耳目，诗质的醇香与才情的显露，得以充分展现。

作为20世纪50年代生人，良言经历了由农耕文明向工商文明过渡的社会民生巨变，经历了新中国一穷二白到国富民强的时代沧桑巨变。从封闭僵化到全面改革开放，从小农生产到经济飞速发展，诗人身置其中，是国家强盛，民生福祉的建设者，也是观察者与思想者，当然更是记录者。

一个人的诗歌史，也是一个人的心灵史。良言丰富的个人经历，从地方到首都，工作岗位的多次变更与职能的不断强化，读书、写作与实践是其工作生活常态，这使他具有多方面的人生体验。作品集以写作时间为顺序编排，63 首旧体诗词和 41 首自由体新诗，时间跨度近五十年，良言用诗歌记录了他的经历与见闻，记录了他的梦思与随想，表明了一个诗人的“在场”与“立场”。

真诗人自是人间赤子。良言深情地吟咏了大地河山、时代人物、亲情友情，给读者以“情”的感染与“美”的享受。

赞美大地河山，如《七绝・嘉峪关》中的“长风掠地吹胡塚，冷月巡天照险关”，《七律・武夷山九曲溪》中的“碧水轻盈越秀峰，竹排伴我入涛声”，《七绝・雨中海滨小镇》中的“骤雨如烟玉带鲜，无垠海浪纳清泉”，新诗《罗托鲁亚温泉》中的“夜晚五彩光晕，托着迷人的月亮 / 好像美丽花环，妆扮妩媚的新娘”，等等，委实叫人着迷。

歌咏时代人物，如《七绝・叹神枪王义夫屈居第二》中的“一弹偏差万众惊，神枪扼腕我失声”，《七绝・功臣》中的“中原跃马杀倭寇，剑舞牛庄镇海流”，新诗《孔繁森的诗情》中的“你的生命，跃动在，人迹罕至的阿里 / ……你的胸怀，能容纳，世界屋脊的峰巅”，新诗《宠辱不惊》中的“他温文尔雅，宠辱不惊，能占科学圣殿 / 亦获得，稀世爱情”，等等，莫不令人肃然起敬。

情记亲情友情，如《国强人寿》中的“老父九十七寿诞……滔滔不绝谈锋健……我无钱财留后人，唯愿书香世代传”，《念友》中的“当年在杏山，初识田垄间。见面恨见晚，情谊两相伴”，新诗中的《告慰母亲》中的“我渴望／穿越历史时空／回到少年／再一次感受恩泽／与慈爱的母亲／深切依伴”，《乡下房东》中的“乍暖还寒时节／你淳朴的笑容如春风／后来几次看望你／只为报答真情”，等等，感人至深。

此外对中华历史也多有吟咏，如《七绝·谒贾谊故居有感》中的“岳麓归来如拜相，何须汉武退胡兵”，《南阳怀古》中的“周南千载城，东汉称帝乡。传说盘古神，屈平声名扬。百里奚拜相，五圣光焰长”，等等，皆令人发深情一叹。

最后需要指出的是，诗人“新诗旧体吾都爱”创作理念，为当代诗歌新、旧体式的不同声音提供了一个“包容性”范例。这说明对于艺术创作来说，一个人可以写好旧体诗词，同时也可以写好自由体新诗，新、旧写作者的相互尊重，艺术的取长补短，同行同进，也是中华诗歌复兴之时代使然。

2021 年 12 月 4 日　北京

小引

我与诗略有缘：长辈从事文学艺术教育，我儿时便聆听诗词讲授；父亲耄耋之年赋诗不辍；母亲的先辈以《明诗纪事》[①]百卷存世；我读中文系期间，自觉承续家风，广泛汲取古今中外脍炙人口的诗词养分。虽学诗不精，但难以忘怀；于是让诗成为我生命的年表，或记录，或追忆人生旅程。写诗现代与旧体并重，因为凝重的光阴，须旧体诗雕刻；明快的时光要用现代诗渲染，奔涌的激情必用自由体倾诉。人生一去不回，而诗歌作为创造“第二自然”（歌德语）的极品，却可以透过雕塑流逝的时光，使作者和读者与留恋的往事重逢。因而早想编印自己的诗册，却一直无暇实施。今年九月，方得闲整理旧稿并创作少许新诗。值此盛世金秋，因循人生的轨迹，按新旧体分类，选取咏江山壮美、抒报国情怀、展贤者华彩、叙

① 《明诗纪事》享誉文坛，作者陈田是母亲的外公。

亲情乡谊的诗词百首成集；既是我学诗的总结，亦回溯自己半个世纪的心路历程，奉尊亲挚友和诗歌爱好者雅正。

良言

2021 年 10 月

第一辑

旧体诗词六十三首

古风　晨迹

深冬天微亮，
村路结严霜；
足印留一串，
草肥拾满筐。

1972 年 1 月于辽北白山村

植樹季節

五绝　春播①

清明逆北风，
小草未萌身。
汗渍农家女，
田间种早春。

1972年4月于北国乡村

①　今年逆寒袭春，尚穿着棉衣的劳动妇女已下田踩格子（沿田垄底部踩上一线）、播种；尽管顶着冷风，仍然汗水涔涔，以劳作迎接春天。

练兵[1]

千里拉练到白山，[2]
杏水清冷桃花鲜。
坦克轰鸣碾荒坡，
猛士[3]搏杀声震天。
乡民送来姜汤暖，
野炊[4]快捷香弥漫。
亲人习武壮北国，
铸成铁军破敌胆。

1975年3月下旬

---

① 此种通俗叙事诗为乐府体尝试，以下未标注体裁的均为乐府体。

② 解放军某部坦克营拉练来到白山村。在公社慰问演出上，本人即兴创作并朗诵了这首小诗。

③ 猛士，跟随坦克的步兵。

④ 野炊，部队模拟实战在野外快速烧饭就餐，饭菜依然飘香。

名师讲学①

师大办学有良方，
遍请名家开讲堂。
陆宗达并钱谷融，
丁玲而后吴组缃。
皆来滨城校园中，
畅谈诗境与文章。
聆听大师解经典，
胜我读书数年长。

1981 年暑期于辽宁师范大学

① 时任中文系主任、后任师大副校长的武殿一教授等，利用大连暑期风光宜人的优势，连年邀请诸多语言和文学大家来讲课，开阔了文科师生的眼界，使学校教学科研呈现一派生机。

龍馬
庚子大雪
郎军

七古　诗情

鹤发持重名诗翁[①]，
答问诗风赧颜容：
向阳队伍英雄气，
抛洒热血汇长虹。
滚滚烽火焚旧恶，
时代浩然辟新程。
讴歌华夏复兴业，
激情恰似春江涌！[②]

1980 年 8 月

---

① 名诗翁：著名诗人、《中国人民解放军进行曲》的词作者公木先生，暑期应邀来我校给文科教师和部分学生讲诗情诗风。

② 先生认为，新时代主流诗歌需要继承过去诗情澎湃的好传统，歌颂改革开放、中华崛起。当然，总体上诗体诗风应百花齐放。

氣壯雄關

七绝　嘉峪关

左挽祁连右黑山，
城楼耸立震西边[1]。
长风掠地吹胡塚[2]，
冷月巡天照险关。

1988 年 3 月下旬于河西走廊

① 边，边塞。

② 胡塚，千年魏晋墓群。

雨中嵐山

古风　日本京都小咏[①]

碧水青山古唐城，
东瀛千载为帝京。
金阁楼外观池鱼，
观音寺内闻乐声。
幽谷樱树花无意，
岚山石碑人有情。
而今侪辈访此地，
枫林随我拜周公。

1991 年 5 月于日本

① 参加中国青年代表团辽宁团访日到京都。此城仿照我国唐代长安、洛阳而建，长期为日本国都。金阁寺、清水寺（观音寺）为名胜；岚山有周总理留学时诗文《雨中岚山》碑刻。

七绝　西藏行[①]

陇上揖别大漠烟，
拉萨小憩赴山南。
高原莫畏寒霜在，
雪域辽河热脉牵。

1988 年 4 月初于西藏

① 随同辽宁省政府领导经甘肃去西藏，了解援藏工作情况。山南是西藏下属地区，辽宁负责对口支援。

七古　咏剑（二首）

一

千锤百炼刃生风，
湛卢[①]映得星斗明。
削平人间腐与恶，
誓为神州护法鼎。

① 湛卢与下一首中的轩辕皆为中国名剑。

二

严霜凝刃号轩辕，
格调刚烈自威严。
执掌大义斩鬼魅，
法度伴我卫长天。

1992 年 4 月于高检院

豪心飞翔
辛丑 羽军

大渡河畔[①]

曾闻大渡河流险，
行车到此实胆战。
河壁高崖开栈道，
俯瞰激流百丈渊。
我见此境颇犹豫，
王老示意车向前。
放眼河湾怒涛卷，
愈知蜀道天下难。
后车不敢视前车，
外轮距崖两尺间。
稍有差池恐跌落，
司机紧把方向盘。
领导感叹长征时，
大渡河上铁索寒。
今后再逢攻关事，
心存底气敢登攀。

1992 年初夏于四川

---

① 陪同高检王副检察长调研，乘车从西昌至峨眉，切实领略了大渡河之险。

七古　拜访黄老①

元勋耄耋身犹健，
领略风霜险万千。
笔底血雨化春色，
心怀热土铸箴言。
老来夜半难成寐，
逝后党旗要盖棺。
延安精神改革潮，
传留百世惠人间。

1993年春节于北京

① 随王副检察长给年逾九十的高检原检察长黄火青拜年。黄老是革命元勋，1926年入党，为中国革命和建设立下汗马功劳。经过社会政治巨变，他深入思考，撰写回忆录教育世人。晚年的愿望是革命传统和改革开放精神得到传承。

水调歌头　共和国检察官

侠骨铸国脉，
热血护天平。
魂牵净土神州，
麾帜展雄风。
不负黎元[①]翘望，
日月江流催阵，
纲纪铁铮铮。
仗剑倚苍颢，
执法盖包翁[②]。

扫妖氛，
除邪恶，
锁枭鲸。
任凭阴诡扑朔，
沉勇斗骄狞。
纵缴金铢万两，

① 黎元，指百姓。
② 包翁，即包公。

依旧清风两袖，
霞彩映红星。
留取精忠在，
自不负竹青[①]。

1994年夏发表于《中国检察报》

① 竹青，同汗青，即用来记录历史事件的竹简。

七律　武夷山九曲溪[①]

碧水轻盈越秀峰，
竹排伴我入涛声。
三三宛转胸襟阔，
六六峰连眼睑明。
壁立千姿驱媚骨，
岩盘百态贮豪情。
艄公妙语清波和，
玉女含羞看国英。

1995 年 7 月于武夷山

① 全国检察工作会在此召开。溪水弯曲，三三见九。溪边神秀超俗之峰，六六三十六座。玉女峰有灵，亦当“倾慕”共和国检察官。

咏越[①]

改革波涌越地新，
功臣之中有故人，
锦绣西湖一派春。
科学大师出钱唐，
引领英才报国门，
今朝阵容已成军。

1996 年 6 月于杭州

① 参加机关工委组织的浙江学习考察。故人，指浙江省委主要领导曾在辽宁工作多年。钱唐，杭州古称。战略科学家钱学森是杭州望族钱家之翘楚。

七绝　叹神枪王义夫屈居第二[①]

一弹偏差万众惊，
神枪扼腕我失声。
期求老将雄风驻，
再获射击盖世功。

1996 年 7 月于北京

① 年近四十的义夫在亚特兰大奥运会气手枪比赛中一直领先，不料最后一枪失偏，屈居亚军。后来他连续三届奥运会射击赛夺冠。

釵頭鳳
戊戌歲初

七律　游越[①]

波光月影伴钟鸣[②]，
夜渡西湖醉客心。
仰叹名园愁柳色[③]，
俯观曲水谒书魂[④]。
乘风碧海观云浪，
漫步陀山赞庙林[⑤]。
自古风光皆入韵，
成诗只待暮年吟。

1996年暑期于宁波

---

① 越，浙江古称。

② 钟鸣，指西湖南岸南屏山的晚钟声音。

③ 此句中的“名园”指南宋著名诗人陆游与前妻唐婉相遇之沈园；“愁柳色”，指陆游悲情千古的《钗头凤》词中，有面对“满城春色宫墙柳”，却“一怀愁绪”的词句。

④ 此句“曲水”“书魂”，指书圣王羲之与文友墨客于会稽兰亭雅会，曲水流觞，挥毫成就天下第一行书《兰亭集序》。

⑤ 此句“陀山”指佛教胜地舟山普陀山，“庙林”形容庙宇众多。

七绝　西湖曲院

彩墨浓泼画曲园，
苏堤侧畔阔叶[1]鲜。
平明雾雨新山色，
正是江南四月天。

1997 年 5 月于杭州

① 阔叶，莲叶。

古风　喊山[1]

天目山高林葱茏，
下山恰为半日程。
独行率性仰天啸，
群山琅琅皆响应。
翠竹倩女传音色，
柳杉壮士接回声。[2]
行者呼喊胸豁然，
敢教山林荡清风。

1997 年 7 月于浙江

① 路遇游人喊山，有感记之。

② 翠竹、柳杉拟人。

牧童牛背柳風斜

七古　示儿

十岁学童读书勤，
文史百册[①]已入心。
何时伸展大鹏翅，
书山飞越南天门。

1997年6月15日于北京海淀翠微西里

① 文史百册，指著名学者编著的《中华文史丛书》。

歲月静好
庚子大寒

驱腐

高端学府非真空，
外鬼入侵生蛀虫，
檄文[①]飞至我出征。
激战潮州胜顽凶，
挽救失足心亦诚，
拒腐防变警钟鸣。

1998 年于国家行政学院

① 檄文，国务院领导批示，要求迅速严查这一骗取国有资产案。

五古　京华会友[①]

怡斋品墨韵，
云台听松声。
茶庄饮茉莉，
脍鸭助酒兴。
多年不得见，
老友何忘情？
只为富乡民，
日夜须兼程。

1999 年于北京

① 友，指下乡时的挚友张兄。

天净沙　秋色

——逆元代马致远《秋思》意而用之

青峰白塔沙鸽，
小村红果黄波，[1]
丽日清风快车。
午时阡陌，
故乡亲友欢歌。

2001 年初秋于铁岭

① 路边果园红苹果累累，一片片向日葵金色波浪起伏。

教学科研领军

——致国家行政学院一位老领导

伏案迎日升，
行政学理明。
数年耕耘深，
著述获殊荣。

高层赞名师，
自诩是新兵。
组织众教授，
勇攀学术峰。

2001 年于学院

组诗　咏尊师

序诗

今夏得闲返校园，
宴请尊师谈笑欢。
情不自禁忆当年，
恩师教诲如昨天。

叶纪彬教授[1]

思维深邃著书卷，
学术求精逐本源。
每次我来请教时，
诲如岩茶味多甘。

尹永斌教授[2]

评我作文颇可期，

① 叶教授是文艺理论专家。

② 尹教授是写作专家。

亦指抒情欠自然。
当时脸红心波动，
于今受益三十年。

张庆国教授 ①

经常排忧解人难，
备考为我腾房间。
伴他潇洒做面点，
边求学问边进餐。

尾声

尊师皆已古稀年，
当年英姿尚可见。
举杯祝酒谢师恩，
留恋朴实师生缘。

2002 年暑期于北京

① 张教授亦是写作名师。

日本考察一瞥 ①

日本经济与产业，
十年徘徊有所伤，
中国焕然新气象。

翻译汉语极通透，
原是上海靓女郎。
嫁来相夫又教子，
一步踏回旧时光。
国内如今已繁华，
悔恨当年太轻狂。②

临别时分泪如雨，
盼望祖国更雄强，
在此好能挺脊梁。

2003 年作于中央党校第十九期中青班学习期间

① 中青班学员百人代表团赴日本考察。

② 日方安排的十几个翻译都是来留学，毕业后嫁给日本人的上海女生。日本遵从儒家传统，女子婚后做家务，靠当临时翻译赚零花钱。

七古　神舟五号

神舟航天举世惊，
告慰华夏千古情。
许下嫦娥省亲愿，
赤县蟾宫穿梭行。

2003 年 10 月于北京

古风　尼亚加拉瀑布

北美五湖连，
断崖瀑布悬。
声喧数十里，
白波流壮观。[①]
崖底腾水雾，
渊深小游船。
观者皆震撼，
忘情不能言。
我今谓上苍，
天赋失之偏。
但得浩瀚水，
浇灌沙漠原。

2004 年春于多伦多

① 五大湖的淡水量极丰沛，占全球五分之一。

七律　蝶变[①]

——欣赏周懋庸先生[②]大作《长别离》有感

沧桑阅尽文思巧，
俏女[③]情深彩笔雕。
板栗山凹集胆气，
莱茵水涌荡胸涛。
曦怀海郡驱敌寇，
夜梦燕园卷赤潮。[④]
纵览典籍难遂愿，
晚晴惬意赋风骚。

2004年夏于国家行政学院

① 蝶变，指作者和小说主人公的命运都发生巨变。

② 周懋庸先生1990年从编译局研究岗位退休，始创作长篇小说《长别离》，一举斩获1994年上海市政府文学大奖。

③ 俏女，主人公是女学生。

④ 海郡，指青海省海北藏族州。颈联与颔联，写主人公抗战时冲出四川李庄走向社会，中华人民共和国成立后到德国学习；回忆赴青海参加斗争，在燕大参与学生运动。

延安干部学院（二首）

古风　同窗

枣园学友俊才狂，
挑灯秋夜草华章。
笔下波澜纵横涌，
须臾可待墨溢香。

七绝　有志者

根源古郡黄河水，
俏立燕园一树梅。
创业辛劳无悔怨，
登高指日舞旌麾。

2005 年 5 月于延安干部学院

李白与杜甫
庚子腊月

南阳怀古[①]

周南千载城，
东汉称帝乡。
传说盘古神，
屈平声名扬。
百里奚拜相，
五圣光焰长。
而今面貌新，
北调水汤汤。
南阳锦绣程，
后浪超前浪。

2006 年春于北京

① 南阳古称周南、帝乡，汉光武帝刘秀兴于此。屈原、百里奚和后人概括的五圣：谋圣姜子牙、商圣范蠡、科圣张衡、医圣张仲景、智圣诸葛亮等皆在此演绎历史。此地是国家南水北调工程的枢纽。

马到功成
辛丑岁

古风　纪委书记

——致一位老领导

拔擢英才柱长天，
驰骋北国肃贪官。
呕心沥血无他求，
惟愿清风满人间。

2006 年夏于中国电子集团

七绝　雨中海滨小镇

骤雨如烟玉带鲜，
无垠海浪纳清泉。[①]
天堂镇里黄花妍，
聚坐汤池话语欢。

2007 年 7 月于博鳌

---

① 玉带，博鳌天堂镇附近的海中有一条白沙滩。从五指山蜿蜒流下的万泉河流经小镇入海。

新疆之宝[①]

羊脂白玉镇和田，
昆仑山峰摩青天。
胡杨林木千年立，
布鲁克原草色鲜。
克拉玛依乌金丰，
伊州[②]瓜王胜蜜甜。
喀纳斯湖若仙境，
建设兵团壮边关。

2007 年 8 月于乌鲁木齐

① 参与电子集团与新疆自治区政府谈信息产业合作，切实感受到新疆的美丽富饶。

② 伊州，哈密古称。

办和谐教育
建和谐于田
全面发展
心连心 手牵手 共兴于田
中国电子信息产业集团公司领导莅临我校检查指导工作
感谢CEC援建我校
CEC
CEC
CEC

于田行

小时梦见昆仑山，
欲识劳模库尔班。
今日遂愿访此地，
只将前贤女儿见。①
察看恢宏新校舍，
各族学生歌声欢。
行车乡村路途颠，
路边敬礼美少年。
抗震民居颇坚固，
慰问老人泪潸然。②
南疆运笔绘山河，
助困扶贫奉肝胆。

2008 年 6 月于和田地区

---

① 库尔班大叔早已逝世，见到他两个年过六旬的女儿。

② 随中国电子信息产业集团公司（CEC）主要领导慰问一位貌似库尔班大叔的原村党支部书记，赠送他熊猫牌彩电。老者流下热泪，感谢组织上没忘记他。我们也泪湿眼眶。

念友[①]

当年在杏山，
初识田垄间。
见面恨见晚，
情谊两相伴。
乡村我生疏，
兄常解我难。
慨叹聚首短，
分别又数年。

2008 年 8 月于北京

① 挚友岳兄，1974 年春我以报道员身份在田间采访了任民兵连长的他，而后我俩多有交集。

七绝　天目湖感怀[①]

清波雾里呈双目，
绿树葱茏岭蔚然。
若非当年兴水利，
何来此处境如仙？

2008 年 9 月于溧阳

① 来此参加集团董事会。20 世纪 50 年代在天目山余脉修了两个水库，后称天目湖。

七古　神农架香溪源[①]

山溪跌宕流清芬，
秀成幽谷醉来人。
寻香百丈始见源，
怀念千古王昭君。

2009 年国庆节

① 香溪发源于神农架昭君故里。传说昭君回乡省亲，佩戴的一串珍珠落水，溪流顷刻清澈芬芳，故称香溪。

取经[①]

任总脸上皱纹堆，
深藏运营大智慧。
示我企业用人经，
谁打胜仗谁升位。

还言公司重分配，
谁是功臣多奖谁。
众人所有是动力，
分配失误企业毁。

再说科研成果伟，
集中火力破城围。
产业领军惊世界，
明月引得彩云归。[②]

2009 年初夏于深圳

---

① 当年开展学习实践科学发展观活动，中国电子集团党组委托我带队去华为公司总部取经，与老总任正非热烈畅谈。

② 高端人才渴望加入高科技领军企业，如彩云追月。

七古　访南贡院[①]

秦淮河边大比场，
简陋斗室如班房。
遥想当年此院落，
几人高中几人狂？

2010 年夏

① 南贡院，南宋以后江南科举考场。

古风　丁香

小花扑鼻郁醇香，
悸动懵懂少年郎。
老叟痴望亦深久，
心弦弹拨歌者狂。
唤醒画师笔端色，
更为诗魂注芬芳。

2011 年 4 月中旬于北京

古风　忆天山[①]

当年慷慨赴边关，
羌笛伴我梦中原。
昆仑初夏迎飞雪，
戈壁中秋没尘烟。[②]
虽经磨难心仍痴，
绘就蓝图笔犹健。
殚精竭虑未足惜，
一域光明留天山。

2011 年 3 月于德国汉诺威

① 参加国际电子展期间，中国电子信息产业集团公司谢董事自述，赋诗记之。

② 新疆五月飞雪，时有沙尘暴。

烟台海滨

黄沙滩头立，
海天一色青。
劲风扑面来，
登州街景新。[①]
仙山何处寻？
红日染黄昏。

2012 年 5 月初于烟台

---

① 登州，烟台古称。滨城如今新楼林立。

門泊東吳萬里船

教诲

领导七十五寿诞，
邀集属下家中谈：
吾有毕生座右铭，
遵守法纪不跑官。
有人四处找靠山，
不知自律才平安。
有人高楼宴宾客，
坍塌只在一瞬间。
市场大潮多诱惑，
清正廉洁务须严。

2012 年夏于北京

七绝　谒贾谊故居有感[①]

梁王落马帝缘[②]崩，
太傅哀伤化坠星。
岳麓归来如拜相，
何须汉武退胡兵。

2012年12月于长沙

① 毛泽东主席曾赋七律称赞贾生："胸罗文章兵百万，胆照华国树千台"。年轻的贾谊才高八斗，堪为国家栋梁，只做了太子梁怀王的老师。梁怀王不幸坠马而死，贾谊因之抑郁而亡。

② 帝缘，当皇帝的命。

七古　书法有法

兰亭墨迹千古临，
右军神韵竟难寻。
幸有金陵传晋法，
卓然成家孙晓云。

2014 年 5 月于上海

古风　致台胞

一潭倒映日月辉，[1]
恰如西子小娇妹。
宝岛亦有素蜀帖，
快雪期待早联袂。[2]
两岸通商已入轨，
同胞把酒情自醉。
风生水起大潮涌，
台湾此时正当归！

2014 年初夏于上海

---

① 2010 年 6 月曾随国家商务部团组去台湾参加经贸活动，到过日月潭。此诗为追记。

② 米芾《素蜀帖》台湾收藏，王羲之《快雪时晴帖》大陆收藏，应合在国家首都北京一处，象征宝岛当归。

七绝　功臣

——记前辈张司令[①]

中原跃马杀倭寇，
剑舞牛庄镇海流。
沥血金陵泽勇将，
江城命笔写春秋。

2014 年秋于武汉

① 张司令离休于武汉军区后勤部，1988 年授中将衔。解放战争时，在营口牛庄截住了欲从海上逃跑的廖耀湘兵团。20 世纪 50 年代曾在南京军事学院从教。晚年喜好书法。

七古　听《锦瑟》琴曲

——致艺术家伉俪①

夜半轻弹锦瑟时，
月色难舍两相依。
神仙闻此亦叹息，
世间更有谁能及？

2015 年春于北京

① 朋友伉俪月夜弹李商隐《锦瑟》，两情依依，令人感叹。

庆瑞金医院百年

妙术驱病播祥瑞，
爱心救人情似金。
誉满亚太如朝日，
医容院貌焕然新。

2017 年春于上海瑞金医院

義炳乾坤
爲武財神關雲長寫照
辛丑歲盛夏

古风　赞画作

——观名家精品展有感

画作琳琅功力深，
水墨浓淡皆有神。
玄德三顾卧龙岗，
云长挥刀扫乾坤。
汗血宝马气雄浑，
太宗狂胜胡家军。[①]
勇士亮剑诛敌寇，
南国热土春色新。

2018 年在北京与画家夫妇一起看展所作

① 唐太宗亲自率领将士打马球，大胜阿拉伯人。

五古　朝花夕拾[①]

少年离校时，
尊师嘱我言：
将来事工匠，
可以避风险。

弹指五十年，
见师恍如前。
语声但相似，
白发已苍然。

2019 年 5 月于沈阳

① 我升中学时，家遭变故，众人避之；而尊师小学赵老师根据当时形势关切地给我指路。这次与兄长去看望年已七十七岁的老师，我亦六十有五，赵老师的嘱咐记忆犹新，感慨记之。

浣溪沙　中电海南软件园建设十年

往日开工草莽中，
如今树木绿荫深，
兴园旺岛已成真。①

百日攻关寻破壁，
飞腾链网并麒麟，②
身家亿万领风云！

2019 年 11 月于海口

① 海南有一岛一园之说。高科技产业园只此一家，产值数百亿，行业领军。

② 区块链、网络安全与飞腾芯片、麒麟操作系统融合，是中国电子集团信息安全产业的核心。

七古　为故宫初雪题照

银装素裹紫禁城，
愈见宫墙别样红。
冰花凝聚城河冷，
大殿巍然静无声。

2019 年 12 月于北京

舞者
庚子初春

古风　生日有感

忆昔花甲疴染身，
同仁伴我庆生辰。[①]
满座悲情赢者笑：
浴火而后是新春。
于今再逢生辰日，
慨叹世事多艰辛。
疫毒隐形虐山河，
医士挺身铸铁军。
试看华夏同心力，
旌麾指处送瘟神！

2020 年 2 月 21 日于北京家中

---

① 2014 年 1 月本人患病，2 月 21 日集团董事长、总经理等领导和同事为我过六十岁生日。而后董事长亲自协调安排手术，把我从危险中抢救过来。

百折不挠[①]

二十余年磨一剑，
呕心沥血攻难关。
资金拮据迁小城，
横祸飞来志犹坚。
斩获中美欧专利，
品超花王登峰巅。[②]
时逢国家大战略，
告别烦忧迎春天。

2021 年 9 月

① 科研工作者夫妇艰辛创业。

② 花王，指日本花王纸浆产品。

五古　颂陈薇将军[①]

清华有校花，
高才傲人生。
闻知国召唤，
报效束军容。
舍身克病毒，
铿锵铸忠诚。
赤道救万民，
武汉功先成。
智勇壮神州，
当今穆桂英。

2020 年 9 月 8 日于北京

① 陈薇重组埃博拉病毒疫苗成功，拯救非洲数百万众。新冠肺炎病毒抗疫中，在全世界首先研制成功新冠疫苗，成为挽救人类生命的先锋，被赋予“人民英雄”称号。

国强人寿

老父九十七寿诞，[①]
疫情干扰未趋前。
长辈视频对子孙，
滔滔不绝谈锋健：
你等欣逢国强盛，
当为复兴献肝胆。
人生青春是至宝，
虚度一去不复返。
健康方可言幸福，
务必终生记心间。
我无钱财留后人，
唯愿书香世代传。[②]
父亲经历虽艰苦，
腰板如铁渡难关。

---

① 老父 97 岁寿辰，因疫情阻隔，只能在北京为老人家祝寿。

② 父亲在中华人民共和国成立前读长春大学（东北大学的一部分，光复后在长春办学）时参加革命。后在高校任教，桃李满天下。一生读书教书写书。

读书教诲颇有方，
三子立业于世间。
年轻也曾帅校园，
二泉映月动心弦。[①]
晚来福气靠国运，
寿比南山待茶年。[②]

2021 年 10 月下旬于北京

---

① 父亲青年时代颇具英武之气，还是二胡高手。

② 茶年，108 岁。

第二辑

现代诗四十一首

朋友来
相会

兄弟打柴[①]

冬日阳光
洒进峰坡林莽
万籁俱寂
骤然间
山谷脆响回荡

我们扳下干树枝
这烧柴火力最旺

回程仰望二道梁
负重奋力攀上
汗滴入眼
湿润了
苍茫云海山岗

1973年冬日吟成

① 打柴，东北称砍柴。当时我们家住长白山脚下。

清秋
己亥

松

春风里
小松树放歌：
冰雪已然过去
阳光雨露下
我挺拔的身躯
自由生长

夜幕降临
我做了个好梦
自己长成了
撑起楼宇的栋梁

1979 年春于大连

海浴

（夏日海滨，某个黄昏至夜晚）

夕阳难舍一湾碧海，
便留下火红的爱情。
我躺在温存的水面，
听大海灵魂的回声[①]。

好想跃上夜色之幕，
幽会银河美丽星星。
海波嫉妒施展魔力，
蒙住我初恋的眼睛。

已飞升中天的月亮，
也对海浪满怀痴梦。
播洒下妩媚的清辉，
哪怕浪花摇碎倩影。

1980 年夏于辽宁师范大学校园

① 回声，海涛声；对夕阳眷恋的回应。

夜海[①]

你悄悄吞没
那轮殷红
我躺进
你清凉的心胸
多想步入
暗蓝色夜空
织女星凝视我
幽幽的眼睛

头枕着
远古涌来的律动
手臂划破
皎洁的月影
此时潮声
就是我的呼吸
海天一色
朦胧如梦境。

① 前诗意犹未尽，同一情景翻作一首。

稚趣

你半岁的嫩掌按键子，
收录机流出叮咚小溪；
你在地毯上悠然睡着，
嘴角现出迷人的笑意。

你周岁的小手抓宝贝，
拿起了一本画说成语；
预示未来的人生道路，
与书有千丝万缕联系。

作于 1988 年 6 月，儿子一周岁生日后

重逢

记得初次相见，
你像一朵云，
高傲地飘过我的头顶。

这回品茗叙旧，
彼此都很感动。

冰雪已是八度消融，
你却依然年轻，
诗作成就了声名。

不知何年再见，
有缘总会相逢。

1990 年冬

雪域高原奶茶香
丙戌年初春郎畢寫

孔繁森的诗情

你没有诗人的桂冠
却有如火的诗情
刚入藏区
便写下：
青山处处埋忠骨
一腔热血洒高原

两上西藏
期满又留任
该是何等境界？
我们党
杰出的地委书记
肝胆天日可鉴
党给了你
崇高的荣誉
你身为孔门子孙[1]

① 孔繁森是孔子第七十四代孙。

老夫子

亦会

颔首九泉

你的生命

跃动在

人迹罕至的阿里

跑遍了

狮泉河边

所有的村点

你的胸怀

能容纳

世界屋脊的峰巅

制订了

阿里发展的

12 项指南

军大衣

把你的温暖

留给了患病老人

为藏族孤儿支付学费

你竟汩汩输出

九百毫升鲜血

高山缺氧
你脸色苍白
呼吸艰难
心跳微弱
却始终坚守在
工作一线

你没有诗人的桂冠
却用生命铸就了
动人的诗篇
你帐篷里的灯光
点亮了
一片丹心
雪地上的脚印
踏出了
高原诗魂
在这崇高面前
很多诗人
黯然失色

你是齐鲁人民
献给阿里
最有情义的儿子

你是党员干部
永恒的典范
当你魂飞蓝天
百姓泪洒高原
悼念你：
视安危名利
淡似狮泉河水
置民族团结
重如冈底斯山！

1995 年春

致偶像

——年轻朋友的心声[①]

这是一串甜美的日子，
我陪你《将爱情进行到底》。

这是一段期待的时光，
我徘徊在你该出现的街巷。

这是一篇痴情的诗章，
我藏你在日思夜想的心房。

1997 年于国家行政学院

① 青年职工座谈电视剧《将爱情进行到底》，大家很喜欢男女主角的形象。

香山悟①

上山攀登脚力健，
回程腿软重心偏。
世间万事多相似，
开头容易善终难。

1998 年春

① 多年没爬山了，随着身体的变化，年轻时攀山的感受已然远去。这次登山感悟到：做事往往看似容易其实难，开始顺利终结难，乃是辩证法。

马德里之夜

——随国家行政学院领导出访

西班牙有人闹分裂
飞机场警察林立
拜会政府国务秘书
几次检查才放行

马德里夜晚星光稀疏
我们在街头信步
突然一阵惊雷轰鸣
难道有极端行动？

原来城里有足球场
球迷为进球欢腾
到底是“皇家”的盛典
看球比什么都疯狂

2001 年春

實事求是

党校学习点滴

德高望重女教授
费尔巴哈研究深
历史感觉入人心[①]

袁家军来讲飞船
技术自主开新径
总师刚过不惑年

布氏老者讲战略：[②]
中美欧洲格局定
大国角逐谁称雄？

部长报告在周末
内容丰富信息多

---

① 历史感，党校潘老师讲恩格斯名著《费尔巴哈论》很强调这一概念，课讲得极精彩。

② 布氏，美国前国务卿布热津斯基，应邀来中央党校做世界战略格局讲座，发表代表美国某些政治势力的见解。

感觉登高心胸阔

一年学习多辛勤
各位同学皆提升
我亦颇感收获丰

党校教育功业成
今日国家栋梁材
学员册上都有名

2003 年于中央党校第十九期一年制中青班学习上学期

五十岁生日随想

未来某一天
我将告别
这世界的喧嚷

但我难舍
蓝天碧海
和温暖的阳光

难舍
娇妻爱子
与北国故乡

谁愿意
化作一缕青烟
无声息地汇入苍茫？

然而
每个人都是过客

如同草木消亡

总要为
深情的土地
留下一行脚印

在天幕下
演奏一曲
生命的华彩乐章

2004 年 2 月于北京

冰葡萄自白

我愿化作玉液琼浆，
清凉你舌尖的芬芳。
在才情奔放的心底，
酿庄周梦蝶的放浪。

2004 年 8 月于辽宁丹东冰酒厂

春暉
丁酉大寒筆

访诗坛巨匠[①]

贺敬之先生八十高龄，
满脸学者式睿智慈祥；
偶尔会扬起一双剑眉，
露出军人的犀利目光。

此刻的贺老有些惆怅，
《回延安》被撤下课堂；
换上了港台流行歌词，
激情岁月会不会淡忘？

我很为敬之老人惋惜，
他曾经独领诗坛风骚。
永难忘那纯净的诗句：
北风吹，雪花飘……

2004 年 5 月于北京

① 大诗人贺敬之曾是文化部主要领导，1988 年来辽宁视察时我参与接待。此次请他给一位朋友的诗集题名。

罗托鲁亚温泉

白天大海深湛，
天幕蔚蓝；
周边青翠大草原，
点缀金合欢。

夜晚五彩光晕，
托着迷人的月亮；
好像美丽花环，
妆扮妩媚的新娘。

海边清风徐徐，
滑过海鸥的翅膀；
抚摸少女秀发，
吻我湿润的脸庞。

温泉水波荡漾，
盛满土著的赤诚；
舒展游人身躯，
伴我无际神思遐想。

2005 年夏随国家行政学院代表团出访新西兰

梅西校园随笔

苍莽的森林无际，
隐藏着学府梅西。
参天的贝壳杉树，
目睹了青春花季。

午宴丰盛又别致，
校长把酒杯频举。
五颜六色好果蔬，
馈我自然之馥郁。

有许多中国书生，
学海里从容辨析。
梅西敞开了双臂，
拥抱这东方生机。

感叹梅西的校园，
景色幽深竟如许：
红楼伴葱茏绿树，
路边淌潺潺小溪。

2005 年夏随国家行政学院代表团出访新西兰

新诗①

欢悦融和奇情
汩汩流动

远方
法兰西在倾听

我知道
中国的读者
更懂得
这才华绝世的诗人

2006 年于北京

① 北方诗人的新作在巴黎引起反响，而在北京获得大奖。

天籁之音[①]

少女的田园牧歌，
铿锵与曼妙和声：
飘过翠绿的草地，
草叶上露珠滑动；
弹拨淙淙的小溪，
湖泊里注满纯净；
摇响乳牛的颈铃，
幼犊在漫步跟从。
陶醉的牧场主人，
捧出奶浆和深情。

2008 年 5 月于瑞士阿彭策尔镇

---

① 访问瑞士信贷银行期间，去小镇欣赏牧民家庭音乐会，歌手模仿自然之声绝妙。

致时间

我倾慕你
没有起点
也没有终点
因为在开始前
和结束后
也不会空白一片
你没有痛苦
也没有欢乐
因为痛苦与欢乐
都不能久远
而你沉思无尽
任昼夜交替
四季穿梭
世纪沉没

你是永恒
默默地凝视我
直到我消逝在
你的怀里

2008 年 8 月于北京

与流逝的时光重逢

三十年前的今天[1]，
飒爽的绿皮客车，
横穿了半岛[2]秋色。

车厢里有个女孩，
大眼睛忽闪迷人，
擦着我翩翩走过。

时光骤然击中我。

第二天参观旅顺，
嬉笑的新生群里，
大眼睛嫣然在列。

我知道这是缘分，

---

① 今天，10月21日。1978年春秋两届大学生入学，高校不得不推迟新生入学。我是1978年秋季新生，到2008年10月21日整三十年。

② 半岛，指辽东半岛，包括辽阳、营口、大连等五城市。

几年后我们牵手，
走过了半生岁月。

时光雕塑不变色。

2008 年 10 月 21 日于北京

雪

九月[①]竟然飞雪
许是丰饶的秋天累了
于是冬季早早派来
冰凌花公主接班
把所有未及变黄的绿叶
都冻结成晶莹的童话

2009 年 10 月底于北京

① 九月，指阴历。

智勇兼备

勇者苏叔阳
抗击死神二十年
依然红光满面
虽有大患
却豪爽饮酒
与我举杯
似风轻云淡

在不经意中

他以智慧

改变了文坛[①]

其笔下

皇皇著作

正将神州文明

四海播散[②]

2010年春于北京

---

① 苏先生在文坛很有影响。他原是高校教师，凭话剧《丹心谱》成为专业作家，剧本、小说、诗歌著作等身。为人豁达，成功地与癌症进行了长期抗争。

② 所著《中国读本》在全世界发行1200万册。

克劳顿村[①]

这学校很迷你
来者却四方云涌
我们团队步入芳荫
领略了她夏日的风情

这树林很幽静
却催生激烈谋攻
团长和团员在思索
触摸通用百年的脉动

这路径很狭窄
却展示各路群英
我们赶超强大对手
须深入切磋运营真经

2011 年 6 月中旬

① 克劳顿村，美国通用公司教育中心。我在此参加了中组部组织的中国企业高级管理人员国际业务培训。

馬到功成

组诗　大使剪影[①]

驻法国大使

吴建民大使风度儒雅
文化交流成为佳话
跟希拉克总统交朋友
务实外交点亮生涯

2000 年草于巴黎

驻西班牙大使

汤永贵大使西语泰斗
时常教正翻译新秀
西班牙国情装在胸中
困局总能应对从容。

2001 年草于马德里

---

① 在国外公务活动中先后与几位大使相遇，分别以小诗作形象速写。三首诗稿于 2011 年暑期改定。

驻菲律宾大使

宋涛大使诚挚的笑容
使招商团如沐春风：
大使馆就是国人的家
有困难咱们一起破冰

2008 年暑期草于马尼拉

诗之灵

上帝偏心
集才华和美貌
于你一身

我阅尽历史的星空

莫非你
是转世的上官婉儿
抑或林徽因？

名媛们却妒忌
你出没汹涌的商海[①]
竟不湿飘逸的粉色长裙

2015 年 5 月于北京

① 诗人兼营艺术设计公司。

红叶

辽东秋月
高山十八盘[①]
枫林绚烂红颜
深广处
胜都市丹叶
几分风霜浸染
游人如痴
留影翩然
我盼家乡振兴
辉映好河山
风光常驻
千百年

2015 年秋于辽宁

① 十八盘岭，地处本溪。

告慰母亲[①]

五十年
母亲在天国
俯瞰世间
——长子的绘画何时
走向世界
次子在公务中
有无艰难
三子的科研
是否已融入产业链
常在梦里教爱子
汲取教训
攀峰峦

五十年哀思
泪水早已流干
当年不谙世事的

① 今年母亲逝世五十周年。

孩子们
多想留住母亲
却只有遗憾
我渴望
穿越历史时空
回到少年
再一次感受恩泽
与慈爱的母亲
深切依伴

而今追思
母亲将忠诚
献给国家
把学生当子女
送温暖
给几多贫寒青年
母亲把孝心
献给高堂
自己裁剪衣服
粗茶淡饭
省钱助老人
安度余年

我们深深懂得
实现母亲的期盼
成为母亲那样
杰出的公民
是最能告慰她的
纪念
今天可以飞书
天国的母亲
儿子们
没有愧对
您心血赋予的
宝贵生命

2018 年暑期

我

——觊觎

清丽可人的诗仙子[1]

年复一年

直到宙斯心软：

“你只能占有她一回

别毁了安琪儿！”

2018 年秋于北京

① 即诗。

建桥英雄

——电影《深海对决》主题歌[①]

告别伟岸丰碑，
我们心逐浪花。
唤醒湾区黎明，
我们再度出发。

逢山开路，
遇水架桥。
敢为人先，
坚忍不拔。
穿越天堑，
海江通达。

① 影片展现的是港珠澳大桥合龙时惊心动魄的故事，本人领衔编剧并写歌词。

桥梁振兴担使命，
交通健儿闯天涯。
科技创新我为峰，
中国建造兴中华！

2018 年 11 月于北京

挑战人生[①]

父亲曾夸我
小时候
毅力非凡
那年被单车
撞破眼角
缝合时
竟无麻药
年仅 7 岁的我
能忍受住
剧痛的熬煎

下乡很艰苦
东北平原
一垄地好远
青纱帐密不通风
且没过头顶

① 这首诗是我人生的阶段性总结。

锄地几身透汗
城里的
瘦长少年
可承受
困境磨难

婚后我们家
仍然窘困
分房子
尚不够条件
于是推迟
儿子的出生
十载岳丈家过年
事业虽露头角
还要过
心理难关

转眼间
近花甲之年
纵横驰骋
拼命干
止损数十亿
代价是

大病劫难
依靠组织和心态强健
奋力闯过
鬼门关

以为退休
可安度晚年
又面临
新的困难
与儿子
壮怀激烈
攀编剧高山
好汉总要闯关
人生价值
就在勇敢挑战

2019 年春

五矿青海盐湖基地考察纪实[1]

造访盐湖走戈壁，
百里方圆少人烟。
盐碱便是公路基，
不见草木只见滩。
三千海拔呼吸窘，
生产生活皆艰难。

荒漠白城[2]亮人眼，
广场国旗风漫卷。
职工两颊高原红，
头顶横幅极震撼：
缺氧不缺精气神，
境界超越海拔线！

① 集团外部董事一行去考察盐湖企业生产情况。

② 白城，厂区车间、实验楼、办公楼都是白色建筑。

考察产品碳酸锂，
包装齐整颇壮观。
目前已达建材级，
自信总裁不言难：
钾盐提纯定闯关，
打造负极材料链。①

班子成员是表率，
外地到此狂加班。
承建实验新设施，
职工分批日夜转。
更有夫妻在泵房，
三度春节守盐滩。

① 集团要打造新能源电池正负极材料产业链，需要工业级的碳酸锂，可依靠高技术设备从钾盐中提取。

中原已是春深时，
此地夜晚风霜寒。
我们吸氧方入睡，
员工酣然梦甘甜。
五矿人在大西北，
一腔热血披肝胆。

2019 年 5 月于青海

诗论

——读书有感

平庸是艺术杀手，
诗要血脉偾张。
若没有热烈情怀，
哪有诗行滚烫！

2019 年夏于北京

悼学友

入学初相见
畅谈农家苦与甜
君朗笑，如昨天
转眼四十年

记得毕业时
你默然返回乡间
数年后，闹商海
踏浪挂云帆

今夜别亦难[1]
不舍亲情深抱憾
春光迟，何姗姗
永诀除夕前

这一刻

---

① 今夜，中文系78级4班吴同学病逝。亦悼念已经辞世的靳同学、宋同学。

学友称谓重如山
君走好，莫悲伤
梦中相晤谈！

把盏送君行
为君天国驱清寒
洒一掬，晶莹泪
学友常怀念！

2020 年 1 月 23 日夜于北京

怀念志愿军老兵

我不知道
您在朝鲜的战地
是云山
还是
盖马高原

只知道
您冒着炮火硝烟
扛三百斤重的
弹药
上前线

战争第一年
您肺部已经洞穿
盖棺前发现
还有脉动
被抬回家园

百戰山河

您八十五岁临终时

很想再去朝鲜

在林海中

听志愿军战歌

追回当年的凯旋

作于抗美援朝 70 周年纪念日

乡下房东①

乍暖还寒时节
你淳朴的笑容如春风
后来几次看望你
只为报答真情

如今你也迈入了小康
是全村最后一名
我心里很清楚
你帮衬了多少乡民

2020 年冬于北京

① 我们家下乡时无房，一位党员复员军人成了我们的房东。他为人正直厚道，助人为乐，随着国家全面实现小康目标，他的日子好起来了。

浦东软件园以诗讲史

党史
就是波澜壮阔的
史诗
热血与烈火铸成

我讲罢
听众一片沉寂
继而掌声鸣

我激动
决不是自我陶醉
是因年轻人
眼中泪花晶莹

2021 年 5 月底于上海

辉煌

——庆祝党的百年华诞

百年
我们难忘
国旗是烈士的鲜血染红

百年
我们自豪
带领人民全面建成了小康

百年
我们期待
实现中华民族的伟大复兴

“百年恰是风华正茂”
九千五百万共产党员列阵
已在新征程上启航！

2021 年 7 月初于北京

报告发轫于草原①

三十年前的报告底稿，
尘灰满面。
曾有生命力的字迹，
躺在泛黄的纸上休眠；
而我记忆奔涌。
陪领导从新疆出访中亚行前，
他却愁眉不展。
我们便来到草原，
看吹奏陶笛的维吾尔族汉子，
与妇女交谈。
无论是热情或者默然，
语言皆不相通，
毡房里也没见到彩电。
领导叹息：
北京的声音，
在这里缺少对各族群众的连线。

---

① 1992年夏，陪同高检院领导在考察新疆后出访中亚三国，形成了有价值的报告。

兵团是磐石，
稳定浩瀚全疆。
据说这报告得到上级的首肯，
价值已被后来的事实证明。
再回首老领导已去了天国，
我作为报告执笔人，
深切地怀念尊长，
感叹他眼光深远。

2021 年 8 月于北京

宠辱不惊

——科学家杨振宁印象

他温文尔雅
宠辱不惊
能占科学圣殿
亦获得
稀世爱情

然而妒忌者
曾予讥讽
他百年寿诞
有中伤者
又来捧场

杨公依然从容
像一切
都没发生
只诉说心曲
毕生绝唱告成

父辈可欣慰
不忘挚友真情
五十载耕耘
一个世纪
报祖国圆梦

弱相宇称不守恒
杨－米尔斯场
物理界
雄居 C 位
中国神采飞扬

巨匠拓基础
才有科技高峰
杨公默默
做奉献
理当受到敬重

2021 年 9 月 23 日

后 记

手抚诗稿清样，感慨油然而生：

抽作成书苦自知，呕心沥血炼佳句。

本为诗坛一青叶，只愿百花竞绚丽。

诚挚感谢全国政协文化文史学习委员阎晓宏先生、侯光明先生推重本书。

承蒙几位诗词名家提携：中国诗词学会副会长周笃文前辈赐予墨宝，诗刊总编李少君先生推介中华诗词研究院原常务副院长蔡世平先生作序，为小书增添光彩；中国骈文学会副会长于景祥先生对《蝶变》等诗律加以指点，词家许燕女士帮助推敲词律；谨此并致谢忱。

还要衷心感谢中国文联出版社尹兴社长对本书的重视，周小丽总监认真审核把关，相关人员精心工作，为本书质量提供了保证。

良言